パートナーズ

Partners

井上舎密

INOUE Seimi

文芸社

次第

夢心地

深々と受け止められているという安心感が、どこまでも拡がってくる。幼児に戻ったわたしが、母親の手のうちで甘えている。

そんな、周囲から軽く抱き取られているような感触が、今でも体のあちこちに残っていて、冷たいとか、このままでは危ないとかいう配慮などは、一切なかった。

はっきりしているのは、その際のこの上ない心地よいまどろみ。その夢とも現《うつつ》とも分かち難い気分に浸っているところに、何ものかが現れて、突如途切れさせてしまう。その割り込んでくるものが、ふんわりとした褥《しとね》からわたしを探りあてようとする誰かの手だと分かったのは、しばらく経ってからだった。

その後のあらましは、大体身体に残っている。気が付いたら助け起こされていて、踏み躙《にじ》られた雪道に抱きかかえられながら立たされていたこと、傍らには、長身のヤッケの青年が身を屈めていたことなどが、モノクロームから原色に戻った感じで記憶に新しい。

帰宅してからも、まだ雲の上を歩かされているようで、どことなく心もとない気分が続く。少しでも落ち着けたらと工夫しても、依然として変わる気配は見当らない。それではと、身体を折って長椅子に横たわってみた。いっそ、団子虫のようにすべて円くなり、このまま眠れてしまえればいいのに。

今になってから、体の芯までゆっくり溶かされていくような以前の状態に還りたいという思いが、溢れ出してくる。

目を瞑《つぶ》ってやや経った頃、子供時代の記憶が取りとめもなく浮かんできた。それが時空を越えて、一つの情景に収斂《しゅうれん》されていくらしい。何だろうこれはと思いながら、その後を追っているわたしがいる。

春告魚とも呼ばれる鰊《にしん》の慌ただしい漁期も終わりに近付くと、静けさを取り戻した砂浜にひっくり返って、よく潮風に吹かれていた。どこまで行っても乾いた砂ばかりで、あちこちに、流れ着いた流木や硝子の浮き玉、朽ち果てた漁船の残骸がぼうっと目に入るだけ。

そこここに生えている背丈の低い疎《まば》らな雑草、まだ花は付いていないがこんもりした浜梨《はまなす》の茂みが、僅かに色彩《いろどり》を添える。目の前には、ただ鈍《にび》一色の積丹《しゃこたん》の海が、視界からはみ出てどこまでも拡がっている。

幾分持ち直したものの陽光はまだ遠慮勝ち、とはいえ或る程度の暖気は感じられる。

そんなとき傍らには、就学前の妹が寝そべっている。耳を寄せていくと、歌うような息遣いが聴こえてきて、こちらまで引き込まれそうになってしまう。

そこら辺までが一纏《まと》まりで、淡い記憶がふっと途切れると、茫漠《ぼうばく》とした白けた広がりだけが後に残される。

夢と現《うつつ》、何ごともそのあわいが肝心。できれば、先ほどの雪塗《まみ》れのところからやり直してみたいと思う。そこまで近付くにはゆっくりゆっくり、急げばあの時にも、あの処にも戻れなくなってしまうだろう。

突風

幾つかの回転箇所に差し掛かると、バスは急に軋む音を残しながら、大きな図体を思いきり振り回して、最終の停止地点に乗り入れる。

前のバス停で何人か人が降りたので、後に残されたのは、私達二人連れだけだった。

終点というアナウンスがあって、最後尾の座席にいたわれわれは、取り急ぎ前方の降車口まで向かう。

這うような低い陽射しが、足元のアイスバーン状の氷を半ば照らしている。ステップから踏み出した途端、滑って転倒することもあるので、連れを促しながら注意深く下り立つ。

バスを降りて、歩き出すのは一緒でも、それぞれの歩行に移った後の彼女は、糸の切れた凧のように足早で留まるところを知らない。私が半分も行かないのに、もう先の曲がり角から消えてしまう。

散策好みの私に、漫歩がちな傾向があることを否定しようとは思わない。だからと言って、相手を置き去りにしての競歩並みの歩行の仕方も、また尋常ではないだろう。

そんなことが続いた後で、或る日、雪の積もった道路上に横たわっていたところを偶然発見されて、家まで連れて来られた。紺色のショールの先端が雪からとび出していたので、偶々目に付いたのだと言う。

今まで、このようなことは無かっただけに、ちょっとした衝撃だった。しかも、当然雪塗《まみ》れなのに、そのまま居間まで脚を踏み入れしまう。子供へは、雪を払ってから上がるようにと、あれほど言っていたのに。

どういうことなのか、これから彼女のすることを知りたい。

直ぐさま、毛糸の帽子、ショール、コートなど何のこだわりもなくその場に脱ぎ捨てる。私が不審な顔をしているのを見て、向こうもどこか怪訝な様子。今さら、私が何を言っても仕方がない。

今日はもう一つ、異例なことがあった。主婦として、家事全般を彼女が切り盛りしているわが家では、私が介在できる範囲はそう多くない。どちらかというと、彼女自身もそれを望んでいるものと思っていた。

今になって、突風に見舞われたように、「暫《しばら》くこのまま休ませてもらいます、少し草臥《くたび》れました」と言う。

この様子では、遠からず厨房一切を任せられることも、覚悟しておいた方がいいかも知れない。

それはそれで止むを得ないとしても、今まで無いことなので、こちらも戸惑いを隠せない。でも、いつかはこういう事態もと、常々感じないでもなかった。それが、意外に早かっただけかも。

その一方でこの出番に、夕食は久しぶりにたっぷりめのお粥にしてはと思案している私。付け合わせは、ほんのり甘い菜の焼き豆腐はどうだろう。

「お粥が上手に出来れば、料理も一人前よ」と、いつか母から言われたことがあった。

以前、香穂里が夏風邪を拗《こじ》らせて床に着いて以来の台所仕事が待っている。

「にんじん」

九時半ばを上回ると、昼間の暑熱はどこへやら、開襟の襟ぐりや半袖から先の腕先が、小名木川《おなぎ》を渡ってくる風に曝されて幾分ひんやりしてくる。

今夜はそれほどでもないが、やはりつい先日の学校帰り、吹き付ける風圧が体に応えた。物思いを誘う秋口にはまだ早いが、夜間の帰路は慣れていてもやはり気が重い。

それに加えて、海から吹き抜ける風が橋梁《きょうりょう》の石組みにぶつかったりすると、どこか悲しげな音声を上げる。そんな時、思わず聴き耳を立てている自分を見出す。

被災当日、ちょうどその辺りには、いろんながらくたに混じって多くの人体が浮かんでいたと言う。当時、まだ疎開先にいた私は、直接それを見聞きしたわけではないが。

時たま風の吹き回し具合で聴かされるぴゅーという、悲鳴ともとれるか細い響きを耳にしたりすると、そうした伝聞とも結びついて心をざわめかす。でもそんな時、暗がりのなかに会社の門灯が見えてくると、ほっとして脚の運びまで速くなる。

とは言え、今は闇に沈んでいるが、殆どの工場施設は戦火で失われて見る影もない。僅かに電球の点《とも》っている守衛所に帰意を告げると、住まいとして割り当てられている元の実験棟を目差す。

すっかり崩壊した二階部分、残されたその階下が応急の住居として現在使われている。一番手前のドア代わりの戸板を、勢いよく引く。ここが、私たち九人の家族を雨露から凌いでくれる唯一の空間。

今日は久々の休養日。勤務先の製作所の都合次第で、日曜出勤も珍しくないから。通常の勤務が終わると、六時からの夜間の定時制に通う。この繰り返しでここ半年、漸《ようや》く落ち着きを見出してきたところ。

上京してからのこれまでを振り返ると、ただ環境だけでなく、幾つもの変化に次ぐ変化に、よくここまで持ち堪《こた》えてきたという実感がある。そんなことから行動半径は極く狭く限られ、せいぜい都電で動ける範囲に留まっていた。

そこで今日は少し遠出をと、久しぶりの国電に乗るつもり、行く先は一つ先の亀《かめ》戸《いど》。

錦《きん》糸《し》町《ちょう》の大きな駅舎に入ると、幾分胸を弾ませながら改札口へと差し掛かった。と、いざ切符を差し出す段になり、周りが急に旋回しだした。突如、腕首を掴まれ強引に押さえ込まれそうになる。訳が分からず必死に相手の利き腕を振り払って、切符を手にしたままホームへの階段を駆け上がる。

しかしこのままだと、追い詰められる恐れがあると、どこからか声が囁く。

血相を変えて追いかけてくる駅員の姿も眼の端に入る。そこで仕方なく方向転換、反対側の階段を二段跳びで駆け下り、今は無人の改札口を素早く走り抜けると、間を置かず、駅舎の構内から飛び出す。

ややあって、闇市の人混みに紛れ込みながら、それまで手にしていた切符をその場に投げ捨てる。

そもそも、何が、どういう経緯であったのか。首尾よく逃げ果《おお》せたとはいえ、もし、そうでなければどうなっていたのか。このままでは納得できないし、重たい気分が晴れることもないだろう。

足元の真新しい運動靴に眼が行く。服装で目立つものといえばこれくらい。以前から用意して、今朝普段履きと替えたばかり。それを、あれこれ言われる謂《いわ》れはないはずだ。

とすると、これが単なる偶然や齟齬《そご》ではなかったという見方が残される。

つまり、私が誰か別の人物と間違われたことも十分あり得るということだ。見かけたら直ぐ拘束するようにとの指示が出されていたとすれば、改札口でのとんだ人違いに出会わせたのかも知れない。ぽかんと口を空けた駅員の表情と思い合わせてみても、そんな考えに辿り着く。

同時に、この逃走劇に決着を付けられたことでほっとし、収束の仕方に或る種の手応えを感じている自分にも気づく。

そのまま脚は、闇市の一角にある古本屋に向かう。

そこで、以前から目をつけていたルナール作、岸田国士訳『にんじん』一冊を思い切って購入する。

亀戸のお目当ても、実はフランス映画『にんじん』。勿論原作はルナール、新聞広告で知り、心待ちにしてきた。こちらの方は、またいつか観ればいい。

今日のところはこれでよかったのだと、上製函《じょうせいばこ》入りの本を、もう片方の手に持ち直すと、私はもと来た道を引き返すことにした。

渦巻き

「香穂里、これから丸山に登るよ」

返事を待っている気配は全く感じられない。

普通ならば、今日は一日家でゆっくり休むようにと指示すべきところを、反対に登山に誘う。近在の高々五百メートル級でも、山は山。体調を含めて、何かとこれから先が思いやられる。

ゆうべは、思わぬ急襲を受けた。それでも、早くから身近に備えて用意していたものが役立つことになった。渦巻き模様の縫い取りのある水色の小物入れが、これからのわたしの道連れとなるだろう。


「大宅青年も行きたいってよ」と父。

これで総勢四名。父、わたし、妹の他に大宅さんまでが加わる。ちょっとした父の思い付きが、少しずつ膨れ上がっていく。

今朝起き抜けに、初潮があった旨、母に告げた。その後の食事の席で、父から声を掛けられたのが始まり。日曜日、休日の朝から父の機嫌を損ねるわけにはいかない。自身の判断がすべてと信じきっている父。わたしが、そこそこ対応していることを、彼は知っているのだろうか。もしわたしが断れば、他人まで巻き込むことになる。

古平《ふるびら》の疎開先から札幌に戻って入ったのが、和洋折衷、部屋が六つの平屋、一部二階建て。玄関脇には書生部屋まであった。父が大宅青年と呼ぶ若者は、そこに逗留している。空き家の管理者と下宿人との関係、彼は外地還りの農業学科に通う大学生。

見送りの母が、一行に手を振っている。

崖下の流れを渡ろうとして、早速美土里が声を上げる。

「ああ、お花が一杯。それにあたしの好きな黄色ばっかし。何て言うの」

「あれは、エゾノリュウキンカ、まだ花は付いていないけど水芭蕉だってあるよ」と大宅さん。

お兄さんという同伴者を得て、美土里も得意顔。

登り始めると、路端に置かれている石像が先ず目に留まる。歩みに連れて、曲がり角毎に一体、また一体、あちこちに欠損の目に付く仏体はこれで幾つ目だろうか。

わたしが次に目撃したその像は、ほっそりと小柄で、どこか少年風の趣に見てとれた。それも、頬から下は風化で崩れかけていたが、かえって想像を掻き立てられ、細面《おもて》のぱっちりした目鼻立ちが、浮かんでくるように思われた。

わたしは、被《かぶ》っていた愛用の毛糸の帽子を思わず脱ぎ、彼の頭にそっと載せてやった。

周りには、まだ多くの雪が消え残っている。これで、少しは暖かい思いもできるだろう。

「しばらく、あなたが被《かぶ》ってて」

私自身の心中も、どこかほっこりしてくる。

枝岐《えだわか》れの先から、円《つぶ》らな黒目を見張っているシマリス。見ていると思っていたのが、向こうからも見られていた。それに、エゾリスとシマリスの区別くらい、大宅さんに聞かなくてもいい。次に見た時は、地上の雪間を滑るように走っていた。

「お結び上手は主婦上手」と言いながら拵《こしら》えてくれた母のお握り。

網元の娘として生まれ、大正、昭和初期の自由な空気を吸って成長した母。でも、家事だけにはそれなりの厳しさで臨んでいたと思う。

普通の三角や俵型に加えてもうひとつ、わたしの好みは円くて扁平、よく醤油の染み込んだ焼きお結び、梅干や甘味噌が入っているはずの塊状の方もおいしそう。普段は押し麦入りのご飯がいいところ、今日は小豆も米粒に交じって、見え隠れしている。

登山の糧食の運び手はわたし。リュックには全員の分が入っていたから、ずしりとしていた。後半は、見かねた大宅さんと交代。

また、昼時のここでは、わたしが世話係。

それにしても、誰も彼も黙ってよくぱくつくこと。

口を動かすのに夢中の父は、食べ終えると、包み紙の新聞紙に付いたご飯の一粒まで抓《つま》み取って口に運んでいる。相変わらずの口不精だが、ずっと先頭に立って来たから、機嫌は悪くはないはずだ。

Yシャッ、吊りバンドの黒ズボン、足元は足袋に下駄履き姿。磨り減っていて、今にも滑ってもおかしくないのに、上手《うま》く履きこなしている。途中で擦り切れた鼻緒を、洗いざらしの手拭いを裂いて、上手に挿《す》げ替えていた。

明治期に、後志《しりべし》に入った開拓農家の次男坊。わたしが知っているだけでも、教職は長くなっていた。その父の転勤の度毎に、新しい友達を期待するわたしも、一方の変わり者なのかも知れない。

ひょいと隣に来て、小首を傾《かし》げている敏捷《びんしょう》そうな小鳥。こちらがさりげない様子でいると、向こうもじっと動かない。いつまでも知らん振りをしているので、今度は向こうから寄ってくる。

それを目敏《めざと》く見つけた美土里、思わず「ちゅんちゅん雀さん」と口から洩らしかける。

「小雀《こがら》、山雀、四十雀すべて同じ属です。ああして、これから零《こぼ》れ落ちたものを失敬に来ますよ、ほら」

掌に二、三粒のご飯を載せてやると、すぐ寄ってきて遠慮なく啄《ついば》む。妹も、興味深深。

下りの行程に入る。

「それ、クリスマスの歌じゃない、大宅さん。いつもクリスマスで、ご機嫌ですね」

道すがら、ふと口辺を洩れる呟きのようなものに気づいたわたしが問いかけると、片目を瞑《つぶ》りウインクして見せる。そして、僅かに声に出して、「主は来ませり」と口ずさむ。

後で知ったのだが、幼年学校生の当時、気付かれて教官から張り倒されたこともあるそうだ。

「香穂里どうしたの、お似合いのあのポンポン付きの毛糸の帽子」

さすがに疲れから遅れがちの妹は、わたしと大宅青年の間に挟まれる形になっていた。直ぐ後ろから見かけて、いつもあるはずの頭巾のないことに気付いたらしい。

「うん、そういえば、さっきの食事のところに置き忘れてきたのかも」とわたし。

寒そうにしていた、いたいけな少年像のことは何も言わなかった。

今日一番のご機嫌は、もちろん美土里。

下着売り場にて

婦人用下着売り場。

男性の私にとっては、いささか場違いのような感じがしないでもない。しかし、今度のような緊急事態ともなると、そんなことも言っていられない。香穂里が失禁してしまった。トイレで始末をさせたが、いつまでも下着無しというわけにもいかない。

二階フロアのこの付近は、人影も疎《まば》ら。よし、レジに行ってみよう。婦人の下穿きを買いに来る男性客がいてもおかしくないはずだ。

売り場では、いかにも手馴れた感じの担当者が対応してくれた。奥様のご年齢は、体形はなどとさりげなく問いかけてくれるのが、ありがたい。状況を手短に話すと、すぐ見繕って、紙おむつとパンストが渡された。何の違和感も無く、ことは運んだ。

ところが、階段脇のパイプ椅子に座らせていたはずの妻のところに戻ってみると、そこはなんと蛻《もぬけ》の殻。ここで待っているのだよと、あれほど言い聴かせたのに。そのまま本部のアナウンス室に駆け込む。

主治医からは、記憶失調や彷徨《ほうこう》性の傾向のあることが告げられている。建物から出てしまっていたら万事休す、そうでないことを願うだけ。

いらっしゃいませ

「伊那香穂里さん、いらっしゃいましたら、『いらっしゃいませ』の入り口までおいでください」

館内放送が二度、三度、流れている。

あれは、間違いなくわたしの名前。そのわたしはいったいどこにいるのだろう、改めて周囲を見回して見る。そうここは化粧品売り場、すると「いらっしゃいませ」とは反対の方向。

でも、なぜわたしを呼びだす必要があるのか。確かにあちこちに寄って来たけれど、それがどこかはちゃんと覚えている。先ず孫たちとよく行った三階のゲームコーナーや景品コーナー、次に時節の花が見たくなって、一階の切り花の置いてある一郭《いっかく》へ、その後、髪の相談に乗ってもらおうとここまでやって来た。

それに「いらっしゃいませ」なら、任せてもらおう。二匹の栗鼠が楽器を奏でながら、「いらしゃいませ」と賑々しく出迎えてくれる出入り口。孫達が、このスーパーに好んで来たがったことを想いだす。

いらっしゃいませ、いらっしゃいませと何度も口の中で呟きながら、そちらの方に向かう。

近頃手近に花があれば、すぐさまそれを毟《むし》り取ってしまうことに気が付いている。そこそこあることとはいえ、どうしてそうしてしまうのかは自分でも分からない。でもなんだろう、誰かからそっと耳打ちされているようなこの感じは。

あれほど、町角の花屋に、スーパーの切り花売り場にと、好んで通っていたのに。

今日は、行き付けのフラワー・ショップで綺麗な包装紙にくるんでもらった好みのトルコ桔梗が、家に帰るまでに花も蕾もすべて無くなっていた。

わたしは、赤やピンクよりも青系統を好む、紫紺から始まって、薄紫や水色まで。

だから、世人好みの高価な薔薇の類《たぐ》いには、それほど興味はない。

坊主になったトルコ桔梗は、包みごと公園の大きな屑籠に入れてきた。

雲行き

常時間近に居るようになると、相手次第で今日のお天気が言い当てられる気がしてくる。

鬱々としているとき、浮き浮きと弾んでいるときなどは、多くの場合はっきりした空模様がくる。

その日の気分は、まさに天候次第。

よい日和の時はいいが、雲行きが怪しかったり雨催《もよ》いなどだと、何とか早く持ち直して欲しい気分にさせられる。そんなときはテレビを点《つ》けっ放しにしておく。そのうち、いつかお笑い番組があるから。ただ機嫌がよくなるのを祈るだけ。

画面を眺める目顔には、あまり特別の表情は浮かんでいないが、それでも暫《しばら》くの時を過ごしてもらえるだけでもありがたい。

普段はだいたい、お澄まし名人の彼女。でもたまに、私が台所に立っていると、「どう」とか「何かあって」とか声を掛けてくるが、そんなときは、室内も外光で明るく調子のいい証拠。

「何あれ、『誓いのことば』の最後の斉読《せいどく》のところで、急に声を上げてみんなの笑いを誘ったりして」

などと、不意に時間を飛ばして、結婚式当初まで遡《さかのぼ》って迫ってくる、土砂降りの夕立際もある。

クリップ

この病院にはもう何度も来ているから、これから行く先は分かっているし、どんなふうに患者に向き合う先生かもよく覚えている。

今日もそう、わたしをまるで子供扱いにして、お経を誦《よ》み上げるように質問攻め。先ず何か小さなものを筆箱から取り出して、目の前に翳《かざ》して見せる。蛍光灯の光を反射して、こちらからは見えにくいのに。どうやらクリップらしいが、見えない振りをする。それではと、

「これ、なにか分かりますか」

「分かりません」と、つい口から出てしまいそう。腕から外して、年代物の手巻き式の時計を見せる。父が退職記念品として大事にしていたのにも、やはり竜頭《りゅうず》が付いていた。それをよく回しては、妹が叱られていた。

彼の問いは、他もそんな感じで続く。

「では、フルネームでお名前をおっしゃってください」

旧姓を名乗ってはいけないのか、幾つになっても霧が晴れないこの感じ。

「元号で今年は」

でも、すらすら出てくる人がどれだけいるのか。わたしは二通り覚えるのは苦手だから、西暦しか覚えないようにしている。

「クリップ」と、わたしは言う。

怪我

えいやっ、という内側からの掛け声とともに、わたしは自治会書記長に立候補していた。わたし自身の意思はほんの掠《かす》める程度、大部分は周囲のお膳立てに任せた。

こんなことで、やっていけるのだろうかという思いは少なからずある。しかし、そうと決めた以上、このまま行くしかない。

いつか山端の崖から飛び降り、直ぐ病院に担ぎ込まれた。怪我は想定以上、でも一度試してみる意味はあった。そんな、たぶん就学以前の記憶が残されている。何かしら、脱皮でも図ろうという思惑でもあったのだろうか。


先ず最初の怪我は、思いも寄らないところからやってきた。

わたしを担ぎ出した一人が村瀬という一つ上、ということは卒業年次の三年生、わたしも属している高校の美術クラブのリーダーだった。その彼から、お呼びの声が掛かった。わたしが自治会の仕事で暫《しばら》く部活動を休んでいたので、都合を聞いてきたのだ。

放課後の美術室は、正直何でもありだった。あちこちに屯《たむろ》しながら、思い思いの語らいから始まって、男子は腕相撲に耽《ふけ》ったり、女子は持ち込んだ餡パンを分け合ったりしている。もっとも、わたしにとってのあそこは、専ら退屈しのぎの場所というのが一番しっくりくりしていたが。

もう、展示の仕上げに取り掛かっているのだろうか。久しぶりに出かけてみることにした。会場は、校舎より奥まった場所にある素養館《そようかん》。とば口で、村瀬先輩が向こうから「やあ」と声をかけてきた。二、三の部員もまだ居残っていて、額の傾きを修正したりしている。

もともとわたしは、どちらかというと先輩とそりが合わない仲と思い込んでいた。いつだったか、油絵の画材を手に入れるのが困難そうな仲間のために、皆で応分の寄付をしようと話し合ったことがある。部長の彼だけが、そんなことをすると、きっと本人の肩身が狭くなるからと言って反対した。

それと、彼女には、本人も気づいていないかも知れないけれど、デッサン力の才能がある。油など先の話にしておいた方がいいよと言うので、いつか提案はそのままになってしまっていた。

作品の展示の仕方についても、彼は主要なものをメインにして、その他は適宜相応《ふさわ》しいところに配置するという考えを譲らなかった。

わたし達は、籤引《くじび》きで好きな場所に自分で取り付けるという、一番公平なやり方に固執していた。その決着がどうなったのか、ここに来るまでは分からなかった。

入って直ぐ、先ず自分の作品を探した。入り口近くのままあの位置。部長村瀬作はと見回すと全作品の殿《しんがり》の場所。メキシコ風の大振りの婦人像が、締めくくりに相応《ふさわ》しい。

彼がやって来て、ホールの真ん中辺りにわたしを立たせた。正面の壁には、大判の画用紙に、鉛筆だけで描かれた作品が掲げてある。なぜかわたしは、その前からしばらく動けないでいた。これは、今までにあまり経験したことのない事態と言えなくもない。

しんとしているが、圧倒的な存在感。老女をテーマに、何本かの鉛筆で、どこまでも描き込まれたひたむきさ。しかも、その人物は今や亡くなろうとしているか、亡くなったばかりとも思われた。

わたしには、この絵の作者が誰かは、直ぐに分かった。水島さん。以前、部長との間で彼女を巡って考えが分かれたことがある。

タイトルは、「死にゆく祖母」。

いつか、彼女と話していて気付いたことがあった。控えめだけど、食い入るように見詰め返すあの眼差しから、静かで同時に靭《つよ》い、目の前の作品に辿り着くのは判る気がする。

自分の考えの行方に熱中していたわたしは、誰かが直ぐ傍に来たのに気付かなかった。後ろから手を滑らせて、肩に触れると直ぐに離れていった。


二つ目の怪我は、交渉の席上で起こった。

自治会新三役の挨拶という趣旨で、申し込んでいたのが、遅れてこの日にずれ込む。校長は、出張中で不在。相手方は、教頭と事務方の二人。

わたしから今期の自治会選挙の結果報告と、それを受けての新委員長の挨拶。続いて三役それぞれの自己紹介。

選挙の候補者の掲げた抱負、アンケート結果などを参考に、新執行部の今年実現を期する事案の集約は現在進行形。特に懸案の校則改定が主要事項。生徒の自主性や権利を基本に、一部の黒または灰色の条項を可能な範囲排除する。そのだめ押しの作業を終えて、近く総会に諮《はか》る予定になっている。

何を思ったか、わたしが、手許のメモの一部を読み上げる。委員長がそれを制して、相手方に「まだ検討中なので」、と告げている。事務長が教頭に何か耳打ちしているのが、ぼんやりと目の端に入る。自分でも判っているはずなのにと、舌打ちしてみても今からではもう遅い。

半地下で

「わっしょい、わっしょい」という野放図な掛け声に上気している自分がそこにいた。

高く掲げられていた組合旗などは、すべて手許で持ち替えて横一線になっている。

端から端まで、十メートル前後はあろうか、前列からそう遠くないところに私もいた。

その短切《たんせつ》な囃子《はやし》ことばを口にすることによって、大きな何ものかの意思に統《す》べられていくのを感じる。

東西に連なる都大路の片側は、この長蛇の列によって完全に占められていた。私の所属している中小の事業所加盟の組織からも、多数の組合員が参加している。

メーデーに加わるのも、デモの隊列に連なるのも、私にとって勿論これが初めての経験。すべては兄事《けいじ》する二宮さんの存在が、大きく関わっている。この大勢の人波では、彼が今どこにいるのか、全く見当もつかないが。

先輩は、各種旋盤《せんばん》[後注1]の仕上げ工程を受け持つ高度精密技能の持ち主。漸《ようや》く私も旋盤の奥深さを知り始めたころだった。

彼が口癖のように言うには、旋盤に向き合うには心の持ち方がすべて。それに付け加えるとすれば、体の柔軟性だそう。それらは、悉《ことごと》く私にとって高僧の口から零れ落ちる一言だった。

今度のメーデーについては、何度か組合から彼を通して参加の意思の有無を確かめられた。当初私は、近々ある予定の定期考査との関係で、参加についての回答を留保していた。一方では、何時《いつ》までも引き延ばすわけにもいかない。結果的に、私は思いきって出かけることにした。

今にして思えば、私の判断は間違っていなかった。これだけの多数の人と志を共にすることができるなどとは、思ってもいなかったから。


連れていかれたのは、代々木の森に囲まれた大会場。まだ爽やかな風の吹き渡る午前だったが、既に人の熱気が辺りを包んでいた。

捲《まく》り上げたYシャツの両腕、黒の学生ズボンに、履き慣れたズック。いつもと変わりないこれが、どんな一日になるか分からない今日の私のいでたち。

何処《どこ》にこれだけの人がいたのか、次々に増え続ける人波は次の行動へと満を持していた。

「沖縄を返せ、奄美大島を返せ、小笠原を返せ」などと大書された幟《のぼり》には、一際《きわ》目を惹かれた。またそれぞれのグループには、独自の旗幟《きし》があり、異なるメンバー毎に取り取りの鉢巻き、腕章などが付けられている。

その大群衆が、一斉に動き出した。これからデモに移るらしい。人波が大きく舵を切って通りの方へと移動する。前列の二宮さんが大きく背伸びして、君はどうするかと声を掛けてきたようだが、よく聞き取れない。でも、私の答えは決まっている。

有楽町の駅頭で張り込み中の私服に肩を掴まれて、ここに連れてこられてから約半月が経過、漸《ようや》くこの環境にも慣れてきた、いや慣らされてきたと言った方がいいだろう。

誰にとっても過激な場所、肉体的にも精神的にも一際《きわ》切実な何かに遭遇する場所。一方、世間から切り離された退嬰的《たいえいてき》な場所。ここで、青春という時間の一部を、もう私は大部費消してきたのだ。

黙秘一号が、現在の私に与えられている名称。私は自ら姓名を捨てた。しかし名無しになったからといっても、別に困ることはないし、後ろを断たれた以上迷いなどもない。

どうやら容疑は、無許可デモ、集会への参加ということらしい。検事局への連行、尋問は、すでに始まっていた。

今、沖縄などの人達には私と同じ国籍がない、人権もないということに無知であり過ぎた。それなら今からでも国籍を捨てることで、彼らと同じ場所に立てるはずだ。名を捨て、国を棄てる、これこそ現在私の為すべき一番のことだと思った。

黙秘を貫くのは、そう簡単なことでないと何となく判っていた。でも十日の拘留期限が切れて、さらに延長が告げられたときは、思わず足踏みをしていた。

ここは都西の奥まったところにある土橋《つちはし》署の留置場、連行されてこの署に来るまでに既に二、三の警察巡りをさせられた。

特捜の刑事からは、母印押捺と署名を求められた。その都度断ると、左右から抱え込まれて強制的に捺印《なついん》させられた。しかし、署名は飽くまで拒否する。

最後に連れてこられた留置場入り口では、看守による全裸での身体検め《あらため》。図らずも、戦前戦時の兵役前検査を、国の強制によってここで済ますことになった。しかしまだ十八歳、実際には少し早すぎる一方的な通過儀礼ではあったが。

複数の看守の目視による点検で済んだので、ことは小時間で滞りなく終わった。私が衣服を身に着けてしまうのを待って、担当の看守長が感想を口にする。

「お前さん、いい体をしているな。今ごろの若いのは、生っちょろいのが多いのに」

そして帖簿《ちょうぼ》の備考欄には異常なしと記す。新規収容者に、それなりの印象を与えながら、司直の直近の顔としての役割を果たす古株の看守長。


デモの隊列が、最終地の大広場に向けて左折する付近まで来ると、急に蛇行が始まった。そこは、焼け残ったビルの一郭《いっかく》で、主要な建物は現在GHQ司令部として辺りを払っている。

高層の、その白亜のビルを取り巻くように、MPの腕章を付け、完全武装した数多くの米兵が居並ぶ。手にした銃は、いつでも使用できる態勢でものものしい。指揮官らしい人物が、歩道上の通行止めの標識の傍らで、身動《じろ》ぎもせず胸を反らせている。臨戦態勢を思わせる。

ここが、デモの折り紙付きの要衝《ようしょう》であることは誰にも分かっている。もし、どちらかの動きに挑発と受け止められるものがあれば、一触即発かと思うと、ここに来るまでに汗と埃に塗《まみ》れた身体が一瞬にして凍えてしまう。

そのころ、広場では異例なことが起こっていた。一休みする間もなく、集まりかけた人々が目にしたのは、自分たちの集団がなし崩し的に分散し始めたことだった。終《つい》には、収拾のつかない状態を呈してくるのを目撃することになった。

混乱は、その理由がはっきりしないということからも生じていた。大きな動きは先ず広場の東側から始まり、中央から西方向へと連鎖的に波及していく。そのため、集団は散り散りになって、西へと向かわざるを得ない。

機動隊が展開し始めたらしいという情報が入り、やがて多くの人々に伝えられた。次いで、彼らが拳銃を手に威嚇《いかく》しているという目撃情報が齎《もたら》された。

後刻、使用の限度を超えて流血の惨事に到ったことについても知ることになる。武器とは、そういうものらしい。

最早《もはや》、ただの群集となった人々に結束も統率も利かない。刻々の変化に促されて、一つの流れが出来ていた。その方向に、日比谷公園がある。過日はとバスで巡ったので、私にも幾らか知識があった。

誰の仕業か、路上の車から火の手が上がるのが、植生のほど経た松並木越しに見て取れる。さっきまで、整然と行動していたはずのデモ隊が、一部暴徒化したのだろうか。

普段もの静かな濠端《ほり》、それを取り囲む緑濃い樹林帯のはずだったのに。今、ここ広大な宮城《きゅうじょう》前広場は、どこを見渡しても修羅の巷と化している。

その大きな空間は今まで、メーデーに集う人々によって人民広場とも呼ばれてきた場所だと言う。今年は、直前になってからの突然の不許可。実績ある本来の会場で集会をしたいという人々の欲求が、結果的に今回のデモになったらしい。

当初、私は雑居房に入れられた。そこに白髪、白鬚の痩せた小柄な老人がいた。ここでは誰も、彼のことを悪く言う者はいない。見回りの看守も、金網越しに必ず声を掛けていく。私はその老人のことを、秘かに、アッシジの聖フランシスコに通わせていた。清貧を旨とした人物のことは、二宮さんによく聞かされていた。手を合わせてから、旋盤に向かっていたその人に。

金枠の小窓から覗く外の空間、そこから見える分厚い塀の割れ目に取り付いた蒲公英《たんぽぽ》の花を、老人は愛《め》でていた。

花から冠毛へ、そして胞子として飛散する推移を、柔らかい眼差しで眺めていたその年老いた人。いったい彼のどこに、どんな罪の種子が潜んでいたのか。

そこにはもう一人、兵役帰りの隻脚《せききゃく》［後注2］の中年男性がいた。義足は没収され、膝下の傷痕を労《いたわ》る日を無為に過ごす。包帯を解いて、私に切断箇所を見せてくれたこともある。

戦後白衣を纏《まと》い、駅前などで生活資金を募っていたこともあったらしい。その後、大道香具師《やし》に転向、そして今は、故里火の国への尽きない郷愁を語る人。多分、浮き世の煉獄《れんごく》［後注3］巡りを幾多経験して現在に到ったに違いない。

その後、私がこの独居房に移され、世間との関わりからすべて切り離されてからというもの、あの誰からも忘れられた人々を始め、矛盾と撞着《どうちゃく》に満ちた日常さえ懐かしい。

私は、主家を飛び出して市井を彷徨《ほうこう》する世間知らずの野良。

転倒

119、真っ先に頭に浮かんだのはこの数字。ただ警報音を隣近所に振り撒くのは、この深夜なるべく避けたい。と言ってハイヤー利用となると、包帯掛けやら血の海の始末が必要になってくる。どちらを採るか、いずれにしても即決しなければ。このままでは出血量が増えて、彼女の身体も精神も参ってしまう。

どうしよう、近所迷惑を躱《かわ》すとすれば、営業車しか選択肢は残されていない。急ぎ受話器を取り上げる。

自動的に手が考え、手が動くのが理想。濡れタオルで、頭髪の血潮を大雑把に拭い取る。次は耳もろとも包帯を巻きつける。目に付いた夕刊で血溜りを覆う。

フロアと畳部屋との間の一段高い敷居の縁に後頭部を激突させてしまった。脳震盪、脳挫傷など、脳本体へのダメージが、さまざまな杞憂を伴いながら襲う。しかしその心配をよそに、手は遅滞なく動いている。

幸い、大手の掛かり付け病院の救急が受けてくれた。その結果、処置の事なきを得て、先ほど家に戻ってきたところ。

事故は食後、私が台所に立ってちょっと目を離した隙に起こった。彼女自身も食器を下げようとしたのか、椅子から立ち上がるとともに、食卓から手が離れたらしい。何かの気配を感じて振り向いた途端、彼女が倒れ込むのが目の隅に映り、手を延べたが及ばなかった。何か、鈍い木槌を打ち付けたような衝撃音が走った。

その後の推移は、スローモーションを見ているようにはっきり覚えている。ゆっくり沈み込むのと同時に、両手を差し挙げ踠《もが》いている様子。助け起こそうと思ったが、時既に遅し、血潮の滲出が次々に始まっていた。

翌日、向かった介護所からは、即刻返される。随行の介護士の口から、転倒は習慣性になるので、お引取りを願いましたと言われる。しばらく通所した施設ともお別れになりそう。

これからアントン・チェーホフ先生の六号室に向かう。同じ室番号というだけでなく、円眼鏡の医師の風貌と通じることもあり、彼を高名な作家に擬していた。

手にしている小紙片の番号が呼び出され、専用の車椅子に手を掛ける。妻は目を瞑《つぶ》ったまま、周囲のことに殆ど関心がないらしい。一言耳許で促しながら、混雑気味の診察室の方向へと舵を切る。

格別のこともなく、一通りの診察を終える。玄関を出ると、車椅子を押しながら、車道との境に雪の消え残る舗道をゆっくり移動する。

「香穂里、眼を開けて見てごらん。さあ、あの車、何て言うか覚えているだろう」

私の問いに首を振る彼女。それは、病変が表面化して手放すことになった愛車と、色から何から同じ車種。

人の流れからいつも遅れ勝ちのわれわれを見て、「お似合いですね」と、声を掛けてくる自然な笑顔の中年女性。何か悪いものでも見てしまったように、目を逸らしていく若者の二人連れ。

しかし大多数の人々は、傍観者としてただ通り過ぎていくだけ。

訪問美容

なんで、モップを手に走り回っているのだろう。

ここは、磨き抜かれて染み一つない明るいスーパーの食料品売り場のはず。どう見ても、不自然としか思えない。

それに、ことさら車椅子のわたしを放っておいて、清掃に専念している。さっきから、腰の辺りが冷たく鬱陶《うっとう》しいのが気になっているのに。

その彼が次に向かったのは、魚介コーナーの前、そこも、さきほどわたしたちが取り合わせのパックの刺身を見繕っていたところ。何人かの人だかりが出来ていて、青い制服の店員もいるようだ。

わたしのことを、もうすっかり忘れてしまったのだろうか。いつもあんなふうに、人の善《よ》さそうなそうな顔をして、周りを巻き込んでいく彼。


あなたには、メランコリーということばを贈りたいといつも思っていた。「行こう行こう火の山へ」の曲ならまだしも、この前「アリラン」もこの調子で歌っていた。恋人との別離の心情や民族の悲哀などは、どこに行ってしまうのだろう。


今日は、訪問美容の予定日、朝から気分が何となく弾んでいる。染色を止めた後の白髪頭に、何度となく手をやっているくらいだから。

床に青シートが張られ、用意された椅子に座ると同時に、わたしの体に異変が生じた。椅子から滑り下りて、その場にしゃがみ込んでしまう。夫がわたしをトイレに連れて行く。私の身に何が起こったのか、ただ立ち尽くすばかり。間に合わなかった。

その後の彼の手の動きは、まるで白黒フイルムの齣《こま》送りのように現実離れしている。

すべての着衣、そして汚物の処理に到るまでの一連の動作。わたしは風呂場に連れて行かれ、シャワーの洗礼を受けた。

髪の手入れが始まったのは、その後しばらく経ってから。終わって、手鏡でチェックする。これが、わたしのお気に入りのひととき。何かがあったということは判っていても、いつか忘れてしまう。忘れることの幸せ。

女と男と

日見子か火見子か、そのどちらかと、わたし達は想像していたのに、先生の実名は姫子なのだそう。

目を見張るような朱色の繻子《しゅす》の、古い襦袢を再利用したワンピース。われわれはヒミコの貫頭衣《かんとうい》［後注4］と呼んでいた。彼女は時々その姿で、家政学科の教壇に立つ。その後は実習。

農家から納入された冬大根も聖護院も人参も、指示通りわたし達が冷たい水で洗い、寒風に曝してある。身欠き鰊《にしん》や隠し味の果実なども万端整え終えて、漸《ようや》くここまできた。

彼女は、ある時わたしを呼んで、いつか言うつもりでいたのだけれど、と前置きしながら切り出した。

「突然だけど、あなたがこれからどの方向に進みたいのか、聴いておきたいと思って。ここは教育系だから、卒業すれば当然教師になるのが普通です。でも、もう一つ別の選択肢があるかもしれない。それは、大学に残るということ、その上でわたしの仕事を手伝ってもらいたいという存念があります。無理とは言いませんが、一度考えてみて」

もとより私は、児童を対象とした教職に就きたいと考えてこれまでやってきたたし、その気持ちをどこまでも優先したい。研究職に就くつもりは今のところない、と言おうとしたが、その場での即答は避けてきた。一方では、どこかで彼女との繋がりも保っていたい。

先生の得意技の一つが漬物の授業、その際必ず、もんぺの格好で手本を演じて見せる。戦後十年に垂《なんな》んとしていまさらもんぺか、と実習生の誰しも一度は思う。しかし、彼女のそれからの堂に入った手技を見て、考えを改めざるを得ない。惚れ惚れするような四肢の動き、敏捷《びんしょう》さ、身のこなしに伴うもんぺの機能性。漬物の何樽か仕上がった段階では、学生の疑念や懸念の殆どは消えている。後半では彼女達が主役、見様見真似でそれなりにこなしている。

ウーマンリブが、何かともてはやされる昨今、でもヒミコ先生は言わず語らずそれを身に帯びていたのだ。さりげないもんぺの着用、さらに真紅の下糯袢の仕立て直しを、あれほど自然に着こなしている例を知らない。

教室で、わたし達の視線を浴びながら、光沢のある薄地の絹織物を身に着けた先生は、生身の体の線を余すところなく表現していた。正直、ここにいるわたし達の誰よりもなまめかしかった。贅沢と言えるほどに。

密かにわたしは、彼女を激しく嫉妬している自分に気付いていた。その感情のどこかに、何かしらの想いでも宿らせていたのだろうか。

それから遠からず、そのヒミコ先生がわたし達の前から突然姿を消した。彼女は当時まだ珍しい、冬期登山の単独登攀《とうはん》者だった。大雪山系トムラウシに分け入ったまま、不帰の客となったのだ。

わたしは、いつもの一歩手前でことを仕損じるという巡り会わせを、また託《かこ》つことになった。


辛島を柱とする道学連執行部の新体制が出来上がりつつあった。急拵えの寄せ集め、名前だけの登録というのもあれば、まだ頼りない幼顔もちらほら、会議に遅れて当然という出席者も少なくなかった。

その中では、やはり辛島の存在感は突出していた。傍目《はた》にも、衆目から一目置かれる何かしらを備えていたから。わたしは、席の端くれにいたので、長テーブルの両側に居並ぶ、彼ら全体を公平に見られたのだろう。

放っておけば、遠心力が働いてばらばらになるはずの雑多な組み合わせを、どう纏《まと》めるか、いかにしてさまざまな力関係や、頑迷な党派性をクリアするか。彼は、微妙なところでそれを潜《くぐ》り抜けてきた。今わたし達は、彼を必要としている。

その彼にも、問題がないわけでもない。あの深々と吸い込まれるような眼差しが、ふとした弾みで翳りを見せることがある。或いはその振れ方の幅が、今後の彼をどのようにでもするのかも知れない。

一方では、異性としての彼の未知の部分への想像力が、わたしのなかで膨れ上がってくるのもどこかで感じてもいた。

ここでは辛島を含めて、誰も彼もお互いの手の内を探りながらスタート台に立っている。

それが一段落した後、わたしたちが彼を全学連代表に推薦することになるのは、そう先ではなかった。

或る邂逅《かいこう》

「帰れ帰れ」

低音のどこかくぐもった鈍い響きには、相手に挑みかかるというよりも、どこか地面から湧き出して、周囲を揺さぶるような力が籠められている。

通過しようとする一行の前に立ち塞がる前衛、その脇を固める一群れ、それを取り巻く多人数から一斉に声が上がる。それらの間に割って入ろうとする機動隊。この状況は、さっきから一進一退はあるものの、暫《しばら》く殆ど動いていない。

ややあって、拮抗する力の動きのどこかに綻《ほころ》びが生じたのか、一気に流動化が始まっていた。前方に進む者、それを阻止しようと守りを固める者、誘導役の黒衣《こ》の警官、三者に緊張感が走った。

人垣が崩れ、最後は実力者の存在が際《きわ》立った。間もなく、前方に進む隊列が移動し構内に消えるとともに、外縁を取り囲んでいた人垣もすべてどこかに吸収され、私一人だけが後に取り残された。

私が、十八歳で未成年と分かり釈放されたのは拘置から半月後、二宮さんが私を探り当てて、間もなくのことだった。私は、検察局から家庭裁判所に身柄を移された。その直後、私は今まで勤めていた会社から離れた。一人になって、これからの身の振り方をじっくり考えてみたかった。私の固い決意を知って、先達も最後は首を縦に振ってくれた。

シベリヤ抑留から帰って間もない伯父が、自分のことのように私の身を案じ、挨拶を兼ねて、旧満映時代の友人のところに連れて行った。そこであちこちに当ってもらい、何とか新劇の劇団の舞台監督助手という名目の仕事に無理やり押し込んだ。

その伯父は、「身体髪膚《はっぷ》、敢て毀傷《きしょう》せず」という孔子の教えのもと、癌切除を拒み通して、自身の信念に殉じた。酷寒での労働や飢えという以前の体験が、彼の身体を蝕んでいたことは言うまでもない。

　演出者の意図を忠実に舞台に載せるのが舞台監督の仕事、その脇で何でもこなすのが私の役目となった。舞台裏の何でも屋、つまりは雑用係。周りからは、骨身惜しまず動く裏方さんが目に付いただろうが、私にとっては別に何でもないことだったし、そうすることに遣《や》り甲斐を感じてもいた。

　暫《しばら》くして、舞台のプロンプター役を任されたことがきっかけで、樅山《もみやま》という将来を嘱望《しょくぼう》される若手の役者と、何かとことばを交わす間柄になった。

　東北出身の彼の近くに行くと、私にとって懐かしい土の匂いが感じられて、心が休まるのだった。おそらく、彼の方も同じような感触を私から得ていたに違いない。

　普段、彼を含めてどの俳優も少なからずそうだが、身辺にどこか濃密になった空気が感じられた。常に役と即《つ》かず離れずの境に居る彼らの存在そのものから、自ずと滲み出してくるのだろう。

　現在、私のいる六本木周辺には、幾つもの新劇の劇団が居を定めていた。樅山に付いてあちこちの稽古場や舞台を見て回った。舞台の袖口から窺う名ある俳優の演技に、目を見張ることもあれば、その女優の一人と顔を合わせ目礼することもあった。

いつか、イプセン劇のノラは私の身に乗り移っていた。また、「どん底」の人物造形は細部まで眼底に残っていて、縦山のいた時代に戻りたいという願望が今も頭を擡《もた》げてきて、私を困らせたりする。


そんな或る日、誘われて彼とともに都電で近くの神田に出かけた。

暮色《ぼしょく》にほど近い町並みは、圧倒的な本来の書籍そのものに加えて、時分の食べ物の匂いの漂う場所へとも変わりつつあった。

平台に雑書を並べた老舗《しにせ》の店頭で、任意の一冊を抜き取ってページを捲り、もとに戻しかけた時、横からすっと手が延びてきた。縦山だった。

「その本の著者、国分一太郎は郷里の高校の大先輩、懐かしい名前です。何でも、戦前戦後にわたる生活綴り方運動の担い手らしい。実は私も読んだことはないけど、手にした以上何かの縁、これは是非君に買ってもらおう。いいでしょう」

書名に惹かれて手に執ったその小さな本の題名は、『君ひとの子の師であれば』。この著書との邂逅《かいこう》が、その後の私の転機を画することともなった。

音楽会の切符の、払い戻しは可能かという問い合わせ。残念だけれど可能と答えざるを得ない。今、私は「辻久子バイオリンリサイタル」会計責任者。入場券の売り上げが主な財源、少しでも収入を増やしておきたい。出演者への支払いを始め、その他会場費、光熱代等、支出項目も多々ある。

後援者として名を連ねる、名目だけの教育委員会を始め、名ある後援法人にも多くを期待できそうにもない。

中都市規模の苫小牧では、展覧会も音楽会も、頭の上を素通りして札幌へ行く。人呼んでこの地を、文化果つるところと言う。少しでも、そんな汚名を返上したいという思いに動かされて、私達の始めた労音最初の企画だった。

今晩の演奏会場は、小学校体育館。経費は掛からないが、その分来場者には不便を忍んでもらうしかない。広いフロア上には、万遍なく青シートが敷き詰められ、あちこちで席とりが始まっていた。

演芸会並みに飲食物を広げている人々を見掛けると、切り上げてもらうように頭を下げて回る。彼らにとっても初めてのコンサート、注意されること自体予想外だったろう。

開演、間もなく乳児がぐずつき出す。舞台の演奏も一時中断。今度は、いくら頭を下げても追いつかない。受付の少女に頼んで、一緒に出て近くの教室であやしてもらう。

青函連絡船

夢を見ていたのか、わたしは常ならぬ風に吹かれたらしい。こんなことは、今まで一度も無かったのに。

その近辺には、多数のさまざまな車が屯《たむろ》していた。バス、大型小型のトラック、宣伝カー、大ぶりのワゴン車、各種乗用車など。

炭労主婦連と胴体に横幕を巡らしたもの、長尺の旗を林立させる車体も見受けられる。また荷台に用途不明の砂利を積み込んでいる小型トラックもあって、首を傾《かし》げさせる。

通路を挟んだ向こう側の樹下には、木剣を手にした学生服の一団、傍らには辺りを窺う目つきの鋭い男。その辺りは、既に王子の敷地内。

またずっと手前には、さまざまの腕章や鉢巻姿の女性を含む大勢の人々が、声掛けのために必要な場所に移動している。

わたしが大迫《おおさこ》氏と遭遇したのは、そうした状況下、偶然隣り合わせたことから始まった。

彼は、青函連絡船の副操舵手と自ら名乗り、明日の出航を前に、懐中時計の残り時間を気にしていた。予定列車に間に合わせるため、わたし達の用意した借り上げの車を駅まで走らせることにした。

その途次《とじ》、わたしがここの小学校の新任教師と知ると、御礼にいつかお茶でもと名刺を渡された。その場は、それで終わっていた。

忘れた頃に、本当に電話が掛かって来た。札幌に来たついでにそちらに寄ると言う。なんでわざわざと、つい口にしてしまったところ、ちょっと参考までに聴いていただきたいことがあると言う。分かりましたと答えた。

その夕刻、駅近くの第一洋食店で再会の約束を、わたし達は果たすことになった。

そこで、彼がわたしに伝えたのは、おそらく近いうちに当地に来ることになるはず、ついてはその用意を進めたいということだった。

何でも、新たに苫小牧港発着になる大型フェリーの操船を一任されるとのこと。ついては、今のうちに函館に来ていただいて、出来れば船首からの眺望をお見せしたいがどうかと言う。

「この後は無いので。いずれトンネルの完成で、連絡船は役目を終えることになるでしょう。そうなれば、もうあの洋上からの景観も見られなくなります。今のうちに、あなたに是非見て欲しいのです」

耳奥のどこかに、まだそのときのよく透る声が、彼の真顔とともに残っている。

約束を果たすつもりで、というよりも、何かしらわたし自身の心の動きもそれに加わって、引き寄せられるようにその地に向かっていたというのが正直な感じ。

わたしにとっては未知の処女地函館。明治開化期からの開明的な港、ボーンという霧笛の響き、そして啄木の歌の馴染みの幾首か、その他わたしの不案内なもの、そのどれかに触れてみたい。

その一つに、大迫もいた。彼についてわたしの知り得たことは、世間並みの情報は別として、十分の一さえも分かっていない。二度しか会っていないのだから、判る判らないもないだろう。ただ、抱擁力のありそうな彼の印象だけは、いつかわたしの内部で間違いなく増大していた。

ようこそと言って、彼は埠頭まで出迎えてくれた。たまたま定期検査中の非番なので、船首の操舵室には誰も居なかった。彼の説明を受けながら、わたしは無性に感心していた。全く見知らない船員世界、別《べっ》して専門性の高い職務、無駄なもの一つない船首内部、その時もその後もわたしは少しばかり酔っていたらしい。

「友の恋歌矢車の花」の青柳町へ、そして直ぐ傍らの急勾配の坂から展望する港湾の大スクリーン、おぼろげに、わたしの内側に何かが育まれつつあるのを感じていた。

お姫様抱っこ

お姫様抱っこ、と言うのだそうだ。丸抱えで両腕にしっかり抱きとめて、足元に注意を払いつつ、前の路傍に駐車中のワゴン車まで運ぶ。漸《ようや》く、受け入れてくれる施設が見つかり、今朝から通所が始まる。

今のところ、まだ送り出したから一安心というわけにはいかない。この先、いつまで持ち堪《こた》えてくれるかという難題が待ち受けているから。

しばらく待機してみたが、戻されてくる様子もないので、買い出しに出かけることにした。空の冷蔵庫を補充してやらなければ。

買い物でのあれこれの物色は嫌いではないし、バスという固定席での読書はそれなりの時間を齎してくれる。空のリュックを背に、私は家を後にした。

この日は一日多忙を極めた。買い物後、若干余裕が生じたので、美土里を見舞うことにした。

「敬老園」という養護施設に入っている彼女は、姉の後を追うようにして、心身の老化が進んできている。夫を失ってからは、その兆候が目に見えて顕著になった。

「しばらく」、「何しに来たの」というのがここのところの通例だったが、いつになく今日は「お久しぶりね」と、彼女の方から気軽な口調で迎えてくれた。

セロ引きミーシュというのが、若い頃に周囲が彼女に与えた呼び名だった。市民オーケストラでは、チェロの彼女はいつも中央に近い場所だったこと、秋の音楽会の夫君との合奏の際に拍手が湧き起こったことなどの挿話を口にすると、幾らか記憶に残っているらしい反応を見せる。

今では、お気に入りのその大振りの楽器を目にすることもない。

そっぽを向かれると思って来たのに、いい時間に出会えたと感じながらそこを出ることができた。

帰ると間もなく、送迎車も到着。例の抱っこでベッドまで運ぶ。調子も悪くなさそう。

愈々《いよいよ》これからが、私の本当の出番。

夢の後に

「大迫の妻ですが」

手にした受話器から、予想だにしない女性の上気した声が伝わってきた。少しの間を置いて、

「この度のことについては、すべて連れ合いから聞きました」

バレー部の指導を終え、いつものように定時の夕食に大分後れて学校近くの下宿に戻ると、待っていたように電話が掛かってきた。

伝えられる一語一語から激しい衝撃が走って、受話器を握り締めたまま、思わずその場に座り込んでしまう。

「驚ろかれたと思います。わたしも実は、あの真面目一方の人が、どうしてこんなことをと、いまだに納得できません」

その頃になって、やっと「はい」と漸《ようや》く一言だけ返せたわたし。

言葉を継いで、電話の主の知らせてくれた内容は、意外という範囲を遥かに超えていた。

大迫の本来の業務は、船首での操舵手と異なり、乗客を相手にする乗務係のリーダー格。この道一筋で仕事への誇り、当番船への恪勤《かくごん》、どれを取っても誰にも引けを取らないという。また、組合幹部としても周囲から信頼を置かれる特別な存在。本部での会合等で、出札の機会も多いらしい。本来実直、その夫の普段とは異なる幾つかの兆候に不審を抱いて、もしやと思って、本人に問い質したのだという。もともと、隠し事のできない性質《たち》ということ、最後にはすべてを告白。

「わたしから言うのはおかしいと思いますが、家庭にあっては、一人の夫としても、一児の父親としても、過不足のない人でした。しかし思いも寄らないこの件で、しっかり反省してもらうために、一度離れて今後を見守ることにしました」

当方の意思を確かめるまでもなく、そのまま用件だけの通話は切られた。

哀れなほど人生そのものの実情を知らないわたし。これまで、人並みに一つずつ積み上げてきたあれこれは何だったのかと、途方に暮れていた。立ち上がることができたのは、暫《しばら》く経ってから。

こんなときどうしたらいいのか、今のわたしのどこを捜しても、それは見付かりそうにない。

六本木

夜の街に繰り出すのはそう多くはないので、その都度の印象は、大よそ記憶に残されている。

この周辺は、夕闇迫る頃となっても、町家の軒先を洩れる光はそう多くないが、ただ近頃、漸《ようや》く夜の巷の輪郭が体裁を整えつつあった。

樅山が私を連れて行ったのは、ささやかな横文字のイルミネーションが軒端《のきば》を飾る、お気に入りの小さな店だった。内部からジャズが洩れ、われわれを出迎えてくれた。

ここはまた新劇のメッカ、役者志願の愛女《あやめ》も、普段は任されているこの店に出ていた。

自分の顔を出す舞台に、樅山はよく彼女を呼んでいた。端役でも、その数をこなすのが役者修行の近道という。

「あら皆さん、お早いお晩です」と言いながら、彼女はカウンターの向こうから手を拭きながら出て来た。

「リクエストあれば、いつでもどうぞ」と付け加える。

と言っても、本家のニューヨーク紛《まが》いの屋号「バートランド」に似合わず、貴重品のアメリカン・ナンバーが、近くの住宅地の米兵からの持ち込みを入れてもそれほど多いわけではない。

マテーニが用意され、この前はレモン水だった私にも、同じものが出される。追いついてくれた通過儀礼。

「樅さん、単位が揃いそうなので、この後認定試験を受けます。必要な学費から判断して、大学も決ってくると思います」

「それで、読んでくれたの、例の国分一太郎」

「勿論、『君ひとの子の師であれば、とっくにそれはご存知だ』というパラグラフも気に入りました。教職を取るというのが、当面の私の目標です」

「そう、それはよかった」

彼は、私が今芝居に居候していることに、理解を払ってくれている。その彼は、所属する劇団養成所の出身者。

右隣から耳打ちするように言う。

「実は、これから予定が入っている。君はここに残って、愛女の相手になってくれないか、いいね」

そう言うなり、手早くコートを手に店を後にする。どうしよう、いまさら否応《いやおう》もなかった。

厨房から出てきた彼女が気づいて、「樅さん、お手洗い」と言う。

「急の用事が出来たそうです。よろしくと、仰《おっしゃ》っていました」。私は、彼女の表情を見ないでさりげなく応答。

「それじゃ仕方がないわね、これから二人で飲んじゃおう。待ってて」

三人が二人となったが、こうなったら一人にするわけにはいかない。横並びで、勧められるままに、私達は腕を交差させながら新たな杯で乾杯した。これも、通過儀礼か。

「おお雨の音雨の歌」

外の天候の異変を聞きつけて、回転椅子ごと身体を捻ると、彼女は裏口のドアを閉めに走っていく。また、降り出したらしい。

「だらだらだらだらしつこいほどだ」と私。

戻ってきた愛女がそれを聞きつけて、

「この侘《わび》しさは何ならん」、と付ける。

「と見るヴェル氏のあの図体が」、私。

「倉庫の間の路地を行くのだ」、混声で。

ヴェルレーヌと中也という、二人の詩人の別々の詩の掛け合い、降って沸いたこのやり取りが意外に面白かった。

「縦さん、お帰りなさい」

目敏《めざと》く見つけた彼女。コートの襟を立てながら、ドアを潜《くぐ》る縦山の姿が目の隅に入る。

私に許されたのは、これまでの時間。

美土里

或る日、なきべそをかきながら戻ってきて、

「ミーの仔犬、どこかに逃げてしまった」と訴える。ランドセルに下げていた縫いぐるみが、見えないらしい。以前、誕生日に家族から贈られたお気に入りの品。

それからが大変、大き目の共用机の右側の彼女の抽き出しを空っぽにしての点検、家屋の内外から始まって、通学路を一巡する。果ては、誰も居ない教室や校舎の隅々に到るまで隈なく捜し尽くす。

暗くなりかけて、心配した母が途中まで出迎えに来てくれた。

その時は、結局見付からず、当座わたしのマスコットを渡す羽目になってしまった。そうでもしなければ、彼女の気持ちが収まらなかったろう。翌朝、その日予定の遠足のリュックに移されているのを発見されるまでは。


そんな幼少時の記憶があるので、美土里が何時《いつ》からか、市中の名立たる歯科医を順繰りに当っていると聴いても、ことさら意外には思わなかった。歯がどうなっているかということよりも、彼女の粘着気質そのものに注意がいく。彼女の得手勝手は今なお健在らしい。

先日、久しぶりに顔を合わせた折には、その異常な痩せ方を見て、心身の異変を憶測しないわけにはいかなかった。

「どうしたの美土里、どこか悪いの。それとも、また何かしようと思っているの」と、思わず口から出掛かった。彼女には、十キロ以上体重を減らして、想いを掛けた男性の注意を引こうとした前例がある。


到着した時、浴槽の周囲は既に血の海、窓際《ぎわ》のタイルまで血飛沫《しぶき》が飛んでいた。手前の青いポリバケツには、大型のカッターが底に沈んでいる。鋭利な刃物で、先ずお互いの手首の血管に刃を入れて、その後湯船のぬるま湯に腕先を浸していたらしい。折り重なるように、頭から浴槽内に突っ込んでいるが、湯の量が少ないことが幸いして、指先が湯水を掻いている程度で済んでいる。

それだけ瞬時に見て取ると、用意してきたタオルで、それぞれの二の腕を強く拘束する。

どうしよう、わたし一人では、到底手に負えそうにない。でも思ったより少な目の出血量から、意識が戻れば自力での行動は出来るはず。

暖かいタオルで彼女の顔をやさしく撫で擦り、背中全体を揉んだりしているうちに、いくらか回復の兆しが見えてきた。ややあって、意識のもどりつつあるのを確かめると、先ず妹から移動。ベッドまでの数歩が、ことさら長く感じられる。もう一人、もっと手強《ごわ》いのが控えている。

男にとっての美土里は、運命の女。わたしにとってその妹は、どこまでも気の抜けない手強《ごわ》い相手。

塩《しょ》っぱい河

塩《しょ》っぱい河を渡って、私は遂に、まだ見知らぬ北の大地を踏んでいた。連絡船の桟橋から先のホームへの通路の長さは、さすがに北海道の玄関口を思わせた。

北海道、この地名を実際に身近に感じたのは、一冊の雑誌との出会いから始まる。

そう言えば、私には以前から何かのきっかけに、書物との切れない邂逅《かいこう》があったようだ。それは遥か以前、少年時の本への飢え、活字への渇きを伴う戦時体験まで遡《さかのぼ》らなければならない。

疎開先では、板張りの六畳間が、出征兵士の後に残された家族七人の居室に宛てられている。その隣接する奥の小部屋が空室で、いつも寒々とした伽藍《がらんどう》洞の空間となっていた。そこは家人からは開かずの間と呼ばれ、今では人の気配は全く感じられなかったが、唯一、人の居た証拠があった。

空気の澱んだ部屋の板の間には、綴じ目から剥がれ落ちた紙片が散在していた。そこは、不治の病とまで言われた結核に冒された農家の嫡男が、最期までの時を過ごした場所。都会に出た若者が、帰郷して以来引き籠っていたとされる。その無人の部屋を、家人の誰もが忌避《きひ》したいと思い、見て見ぬふりをしていた。

私が、思い切って取り上げた断片からヨハネとかマタイなど、よく聞く使徒行伝の人物名を初めて目にしたのもこの時。

埃を払って手にした或るページに、「立ちて行け、なんぢの信仰なんぢを救へり」という一節があった。それが、ルカ伝第十七章十九節と知ったのは、成人してから。この部分が、朧気《おぼろげ》ながら、韻文の流れるような章句とも相俟《あいま》って、当時の少年の記憶に残された。

それと別の一葉には、同じルカ伝の「力を尽くして狭き門より入れ」と記されていたことも覚えていて、今でもよく口から零れてきたりする。

これらの薄いインディアン紙を突き抜けた先に、苦悩する若者の視線は何を見据えていたのか。

「エリ・エリ・ラマ・サバクタニ」（主よ、主よ、なんぞわれを見棄て給ふや）という切実な呼びかけが、もしかして、彼の口辺から洩れ出してでもいたのだろうか。

よく意味の取れない文語訳、でも、その一行、その一節を、私は愛唱歌のようにただ口吟《ずさ》んでいたらしい。新聞もラジオも無い戦時期、手にすることの出来たのは、この薄汚れた数葉と紙束だけ。長期間、西陽に曝され色褪せてはいても、私にとって何より貴重なものであることに変わりなかった。

郵便はがき

料金受取人払郵便

新宿局承認

7553

差出有効期間
2024年1月
31日まで
（切手不要）

1 6 0-8 7 9 1

1 4 1

東京都新宿区新宿1－10－1

（株）文芸社

愛読者カード係 行

ふりがな お名前			明治　大正 昭和　平成　　年生　　歳
ふりがな ご住所	□□□-□□□□		性別 男・女
お電話 番　号	（書籍ご注文の際に必要です）	ご職業	
E-mail			
ご購読雑誌（複数可）		ご購読新聞 新聞	

最近読んでおもしろかった本や今後、とりあげてほしいテーマをお教えください。

ご自分の研究成果や経験、お考え等を出版してみたいというお気持ちはありますか。

ある　　ない　　内容・テーマ（　　　　　　　　　　　　　　　　）

現在完成した作品をお持ちですか。

ある　　ない　　ジャンル・原稿量（　　　　　　　　　　　　　　　）

書　名			
お買上書　店	都道府県　　市区郡	書店名	書店
		ご購入日	年　月　日

本書をどこでお知りになりましたか?

1.書店店頭　2.知人にすすめられて　3.インターネット(サイト名　　　)

4.DMハガキ　5.広告、記事を見て(新聞、雑誌名　　　)

上の質問に関連して、ご購入の決め手となったのは?

1.タイトル　2.著者　3.内容　4.カバーデザイン　5.帯

その他ご自由にお書きください。

(　　　)

本書についてのご意見、ご感想をお聞かせください。

①内容について

②カバー、タイトル、帯について

弊社Webサイトからもご意見、ご感想をお寄せいただけます。

ご協力ありがとうございました。

※お寄せいただいたご意見、ご感想は新聞広告等で匿名にて使わせていただくことがあります。

※お客様の個人情報は、小社からの連絡のみに使用します。社外に提供することは一切ありません。

■書籍のご注文は、お近くの書店または、ブックサービス(0120-29-9625)、セブンネットショッピング(http://7net.omni7.jp/)にお申し込み下さい。

ところで、この度私が手に入れたのは、「北海道教育共和国」という特集の載った雑誌「中央公論」の厚めの一冊。その主要論文はもう何度も読了し、それなりに刺激を受けていた。そこには北方性教育の戦時、戦後の推移、弾圧を経て甦《よみがえ》った生活綴り方の現状など、要領よく編集されていた。

それはまた、私が無自覚でいた教育と組合運動とを巡る一側面に光を当ててくれてもいた。これまで何度も読み込んで、既に身体の一部のようになっていた『君ひとの子の師であれば』や、同じ著者の『教師』などにも通じる記述も多く見受けられた。

それから後、東北より先の北海道教育共和国の一員として、わが身を投じてみたいと思うようになるまでいくらもかからなかった。

決断の裏には、私のこれまでの短いがそれなりに曲折のある人生の転回点が、丸ごと残されている。今もこのいわくつきの一冊は、同行のチッキ便に忍ばせてあるはずだ。

長旅から解放されて、風雪の年季が染み込む古びた駅舎に下り立つ。ほっとする間もなく、同じ汽車で運ばれてきた小荷物とともに、学校差し向けの小型トラックに便乗、一先ず独身寮に落ち着くことになった。

ぽつんと置かれたような寂れた二階家、上下に六つある部屋のうち、私に振り当てられたのは、戸口に面したいわば玄関番か守衛部屋。近くには、赤電話も置かれている。早々に前隣に挨拶を済ますと、持参の夜具を延べて直ぐ横になる。三十時間を超える道中は、若いとはいえさすがに身に応えた。

翌日、旅の疲労もあって朝まで熟睡し、目覚めもほどよい。そのまま外に出て日の出の方向はと、周囲をぐるっと見回す。

この辺りは、二階建てさえ珍しいほどの平屋ばかり。しかし、それとは別にどの家も高みを目差しているのは間違いない。

見渡す限り、軒を連ねるハーモニカ長屋の社宅団地。それだけではない、異様に高いアンテナが、どこまでも天上に向かって伸びている。

それが、競い合うということではなく、見えない手を繋ぎながら上へ上へと押し上げられていく。

王子城下町と言われる苫小牧の、これが私の初印象。どんなことが、この後待ち受けているのだろうか。

部屋に戻ると、お隣から声が掛かった。挨拶代わりにと、部屋の主が朝飯に呼んでくれたのだ。味噌汁に塩鮭のご飯。なんと飛び切り旨かったこと。

彼は植田、私は伊那と名乗り好《よしみ》を通じる。彼自身、前日引っ越してきたばかりとのこと。

「自分はまだほかほかの新米、あなたからはこれまでにない都会の風が吹いて来ました。この土地で穫《と》れた泥臭い道産子の私に出来ることは、せめてこの朝ごはんまで」と言う。

植田青年の専門は物理、私は国語、お互いの不足を補っていけそう。

果樹園から

朝明けの露の滴りが、実った林檎の瑞々しさを一層引き立てる、というのが四家《しけ》の父の持論だそう。早朝とは言えないが、ここに来ると、それがただの言い回しでないことがよく分かる。

捥《も》いだばかりの林檎を、丸齧りする時の充実感は、何ものにも代え難い。山合いの緩やかな傾斜地に展開するこの果樹園に来るのは、これで何度目だろう。

四家にとってここは、寝場所であるだけでなく、仲間達との貴重な交流の場でもあった。

彼は年少時、芝居好きの両親に、歌舞伎の札幌公演があるとよく見物に連れて行かれた。その幾つかは、今でもはっきり覚えているそうだ。

「翼が欲しい、羽が欲しい。飛んで行きたい、知らせたい」という太夫の台詞《せりふ》に連れて、半狂乱になった娘の人形振りを、身振り手振りで演じて見せてくれたりした。

今の一番の贈り物は、演技中の指人形遣いの舞台の途中で、それまで寝転がっていた幼児が、急に居住まいを正したりすると、何ともたまらないと言っていた。

自治会の執行部で、しばしば顔を合わせるうちに、われわれ二人はいつしか意気投合。誘ったり誘われたりの仲になっていた。神社の横にあったわが家にも時たま脚を向けて、小さい弟達の相手になってくれたりもした。

美土里との出会いも、その間のどこかで生じていたのだろう。妹のチェロと彼のピアノという組み合わせも、一つの機縁となっているのかも知れない。彼らにだけありそうな曲折を経ながらも、同じ大学在学中早々の入籍。

その後、子供には恵まれなかったものの、他のどこにも類を見ない新家庭を営んできたと言えなくもない。


堅牢に見えたその営為のどこかに、綻《ほころ》びが見え始めたのは五十代後半、彼女が更年期を迎え不調を訴えて行った先で、鬱病と宣告されたことから始まった。

四家は、既に小学校長を数校経験、行く先々で校歌や応援歌、さらに給食時の環境音楽まで作曲して、生徒や親達から迎えられていた。

その後、彼女の症状に燥が加わり本格的な躁鬱になると、生活そのものが破綻《はたん》の兆候を見せ始めた。

入退院の繰り返し、その間の一切の世話は、姉であるわたしの手に委ねられた。

彼女の腕のリストカットの痕が増えるに連れ、退職してから自宅に留まることの多くなった四家の側にも変化が生じた。

妻の力になりたい、追体験したいという彼の切実な思いが、一挙に堰を切った瞬間が訪れた。彼は美土里に寄り添うようにして、その手でわが身を傷つけていた。

新しい舞台

何処《どこ》からか運ばれてきて、置き去りにされたかのように、その一軒は佇んでいた。

家屋というより、物置小屋を一回り大きくした感じの廃屋に近い住まい。

見せておきたいものがあるからと、植田から言われてあちこち歩き回り、最後に連れて行かれたのが、原野の一隅にぽつりと残されるこの人家だった。

私達よりもっと先から、この地に営々と住み続けて来た先住者の現在を受け止めて欲しいとそれだけ言うと、彼は口を噤《つぐ》んだ。

その家を前にしながら、一方の私は疎開先で目の当たりにした、もう一つの茅屋《ぼうおく》を念頭に想い描いていた。

それは、集落から離れた人家の一つで、勾配のきつい砂礫《されき》の入り交じった畑地を上りきった辺り、山林に取り込まれるようにしてあった。

夏場は、入り口に縄莚《なわむしろ》が下げられていた。崩れかけた土壁や、隙間だらけの張り板越しに、家の内部を目にすることもできた。

奥手に、屑藁が分厚く敷き詰められている寝場所、反対側には引かれてきた樋の先に水場、その他はすべて土間。そのどこも滑らかに掃き浄められている。

寝藁の上には薄手の布団が置かれ、膝を折って座る蓬髪《ほうはつ》の老女が見受けられた。

植田の言葉少なの一言が胸に沁みたのは、私の内部に連なるこの記憶と重ね合わせていたからだろう。

ここ、勇払《ゆうふつ》原野の中心部にある工場街の出身、大学以外この地を離れることがなかったという彼も、どこかで私と通じ合うような生い立ちを経てきたのだろうか。私はまた一つ、彼との間の壁が低くなっていくのを感じていた。


最初彼に連れられて行ったのは、近くの長屋の一郭《いっかく》、古びた社宅に相応《ふさわ》しい齢頃の夫婦の住居だった。テレビの前の主《あるじ》から嫁、嫁と声を掛けられているのはその家の奥さん。彼女は近隣の世話役だけでなく、当該労組の主婦連会長ともいう。

私はここで二人の話から、城下町の主、つまり王子製紙の成り立ちから、今回のストに到るまでの経緯を大略知ることができた。

去り際《ぎわ》に夫人からは、正門前での抗議活動への参加を誘われた。是非にと言われ、取り敢えず応じることにした。

勿論、それ以前に、この世間注目の労働争議について、自分の眼で確かめたかったことも数多くある。

黒煙を吐き続ける大煙突、川沿いの民家付近の鼻を衝くような異臭、外海へ直接排出される白濁した汚染水など、植田の案内で目にした一つ一つが、踏み絵となって私に迫ってきてもいた。

現場に立つ若手の植田が、少し眩しい。

亜子

いつどこで、と言われても、多分、わたしには見当がつかない。強《し》いて言えば、生協の発足当初、人を介してわたしにも支援の依頼があった。特に、年末の新巻鮭の仕込みと販売の際には、わたしにすべてが一任されていた。大忙しの作業が、年末ぎりぎりまで続いた。

或いは、その中に彼もいたのかも知れないが、仮に顔を合わせていても、多数のなかの一人として記憶に残っていない。

こんな風にわたし達の仲は、或る成り行きで既に始まっていたらしい。しっかりした記憶は、わたしが下宿に居られなくなって次の塒《ねぐら》を探していた折、少しの間ならと、寮長の彼が声を掛けてくれたことから始まる。

その後、気が付いたら、知人から保証人の判を貰って、区役所へ二人で出かけていた。

今、その時期の何かを手繰り寄せてみて、改めて熱量が上がるというわけでもない。金属加工への打ち込みから始まって、血のメーデーを巡る諸事情、なかでも彼に相応《ふさわ》しそうに思える演劇活動など、語ってくれたそれぞれを興味とともに迎えていたことは確か。若者一個人の閲歴《えつれき》としては、特別な位置付けになるかも知れない。また、現在の労音、生協、環境保護などのように、その後の彼を規定したものも幾つかある。

しかし、わたしにはそれとも少しずれたところに彼の本領があるように思われてならない。それは多分、年少時、書物への強い想いに目覚めた一人の愛書家が、年経て今日の彼に引き継がれているとでも言おうか。

彼が帰ってきた。どこで、何があったかは、食卓に就いてから、問わず語りに話してくれる。胸に蔵《しま》っておくことが、もともとできない性分らしい。

食後は、着流しの浴衣姿で書斎を兼ねた居室に消えてしまう。その後のことは、わたしにも分からない。夜更けに及ぶこともあれば、翌朝まで電燈が点《つ》いたままのこともある。

その三年後には出産育児という、すべて未知数の事態を迎えた。近隣のお宅で乳飲み児を預かって貰えることになり、お世話をお願いしてから出勤する。

加えて、わたしにとって最初の学級担任の業務が待っていた。時の流れが一段と加速され、あっという間に一日が過ぎていった。

室内に、ところ狭しと吊り下げられていたおしめ類が、目に付かなくなったころになって、漸《ようや》く夫の存在にも気づく。

一方では、夏の林間学校の子供達の間にも、同僚との懇親会の場にも娘の亜子がいて、わたしを教師にして母という特別な存在にしていった。

それは年経て、教職を辞してからも、亜子が高校から東京の大学に進んだ後でも、意識の上では同様だった。


こんにちは。

しばらくお便りしていませんので、これから思い切って書くことにしました。

いつものように、電話でも足りますが、それだと必要な連絡だけで終わってしまいます。

でも、人生はそれ以上に、余計なもの、無駄と思われるものなどで溢れています。

この手紙にも、多分特別なことは何も含まれていないでしょう。言うならば、話題提供と思ってください。

先日、テレビで、ミュージカル「マイ・フェア・レディー」を見ました。下町出の女の子が歌手として成長していく物語です。相手役として、彼女のことば遣いや訛りなどを矯正する教授が登場します。

といっても、それは少女が遅れているからでも、程度が低いからでもありません。偶々、ロンドンの中心部に脚を踏み入れたことから生じた手違いのようなものです。

また、彼女には誘導者がいましたが、いつもいるとも限りません。さて、この先は舞台から観客へと主客が入れ替わります。

その誰かの現れるのを待機するか、先ず自分の脚で一歩を踏み出すか。その選択は、観客すべてに任されています。

つまり、このミュージカル演劇をどう受け止めるかということになりますが、それはどこまでも自由と考えてください。

さて、今日の無用の用のようなお話は、これでお仕舞い。母より亜子へ。

追伸
言い忘れましたが、肝心の劇中の音楽の方も中々素敵ですので、これは是非聴いてもらうしかありません。

大《たい》雪《せつ》

心ゆくばかりという言葉が文字通り通用するのは、ここ大雪を除いて他にないだろう。

朝日岳への道すがら目にする、白樺の芽吹きの初々しさ。一方の足元はと言えば、岩石や根株を除《よ》けながらの登山だから、付いていくのがやっと。

夕刻に近く、姿見の池は茜の色を浮かべて私達を出迎えてくれた。無人の山荘での一泊、翌朝は早いからと言われた。

大小の砂礫《されき》に厚く覆われた火口は、お鉢と呼ばれ、そのぐるりを回り込みながらの途次《とじ》、私はまたも連れから遅れる羽目になった。

鳥の目で見下ろす大きな眺望に加えて、斜面の一々の植生に向かう虫の視線の細やかな動き。私にとっては、その両者は欠かせないものだったから。

そこにはまた、あちこちの窪地に展開する高山植物の群落があった。高緯度のここは、大雪でしか見られないお花畑。

寮の先輩をリーダーとする山行があったから、偶々近郊の山々の話題になっても、後れをとることはなかった。北の屋根に登った体験は、彼女の関心を繋ぎ留められたらしい。

樽前でも登りませんかと声を掛けてきたのは、彼女の方からだった。早くも、山仲間と認めてくれたらしい。

幸い当日は快晴、山線《やません》撤去後のがたがた道路を、バスが湖畔まで私達を運んでくれた。ここでは、森林限界というものは殆ど無い。山裾の一次林を幾らも歩かないうちに、剥き出しの火山礫の登山道を辿ることになる。

逸《いち》早く、眼下に見下ろす穏やかな湖を含む二重カルデラの特異な山容が姿を現す。仰ぎ見るというのではなく、近付けば直ぐ内懐に入っていけそうな山、樽前。

縄暖簾《のれん》

「伊那さんでは」

肩越しに声がして、振り返る間もなく、加わる夕闇から現れるように、誰かが私の横に並びかける。退勤時、校門から数歩出た許りのところで、私は呼び止められていた。

後ろから見れば、暖簾を潜《くぐ》る打ち合わせでもしていると、感じ取られるかも知れない。こんな時、どう接したらいいのか。「はい」とだけ受けて、右隣の上背のある相手に視線を投げる。

「少しだけ、お時間を頂けませんか。この先、どこか適当なところで」とその人。

私は、ぐるりと辺りを見回すようにしながら、相手の姿格好を目に収めようと試みる。

只今、グラウンドを含めて、校舎はぐるりを鉄条網で封鎖中。都会の大学紛争が、地方の中小都市の高校にまで及んできている。

今更、学校に引き返すことは出来そうにない。まして、何か曰くありげな客を前にしては。

私服刑事の可能性も無いわけではないが、私の勘は、そうでないと告げている。行きがかりの、知らない者同士の関係を続けることにし、様子を見よう。

とつおいつ思い巡らすうちに、脚はいつか縄暖簾《のれん》の下る店のある一郭《いっかく》に向かっていた。

「それで」と椅子に就くなり、先ず私から誘いの水を送った。カウンターを避けたので、小テーブルに向かい合う者同士になり、鼻突き合わせる格好。椅子を後ろに引くと、擦《かす》れた物音がその場の沈黙を破った。私は初めて、窮屈そうに肩を窄《すぼ》める紺スーツ姿の人物の上半身を目に入れることができた。

どちらかというと、この道一筋という感じの堅実そうな中年男性。それとは別に穏やかな眼差しが、やや意外な感じを抱かせる。

お互い口を閉じたまま、沈黙が続くかと思われた頃合い、彼が口火を切った。

「奥様からお聞き及びかもしれませんが、私は大迫という者で、つい先日まで連絡船の乗務をしておりました。その後、辞して無職となり、名刺の持ち合わせもないので失礼します」

馴染みの主人には少し話があるからと、後から注文の品を運んでもらうことにしてある。

次の言葉を待つ間、私は彼の口籠りの理由を考えてみた。いずれにしても、何か話があって来たのではなかったか。

「奥さんとは、王子絡みでこちらに来た時に、初めてお会いしました。その後、結婚を前提にお付き合いしていただきました。そうしないではいられないほど、この齢不相応の気持ちを抑え切れなかったのです。これだけは申し開きできませんが、もともと私は既婚者。その事実を伏せて交際していました。そのことを、普段見られない私の言動から妻に見抜かれていました。家内は、何も言わずに、子供を連れて家を出て行きました。その後、私の意志の動かないのを知り、信頼が失われたという一言とともに、離縁状が送られてきました」

一方、何度か苫小牧に出向いて、すべての事情を話そうとしたこともあったが、お目に掛かれなかった。これを機に、自分から身を引こうとも思ったが、それでも決断しきれないでここまできたと言う。

彼にしてみれば、職を失い、妻子にも去られた現状を知ってもらいたかったのだろう。

続けて、残る決断を彼は口にした。

「しかし、すべてを断ち切るつもりで、こうしてあなたにお話ししました。この気持ちは、二度と覆《くつがえ》ることはありません。それだけは、お約束させていただきます。この後、なるべく早く郷里の八戸《はちのへ》に還り、家業の鯖漁船に乗りたいと考えています」

彼の声を耳にしながら、漸《ようや》く、私達の寮に身を寄せた彼女の背後の事情を知り得たと思った。

同時にそこには、事実を識った苦さに加えて、底知れない人生の井戸そのものを、ただ覗き込むだけの私がいた。

運ばれてきたラーメンの汁を最後の一滴まで飲み干した彼は、一礼すると、私の前から姿を消した。もう二度と、彼に会うこともないだろう。

ここにきて私は、内心に留め置かなければならない、一つの秘事を抱くことになった。

塵芥《ごみ》屋敷

塵芥《ごみ》屋敷に、わたしは脚を踏み入れることになった。玄関の投函口から溢れ出した新聞が、踏み場もないほど落ちている。

受領印のついた紙片を始め、スーパーのレジ袋などが所狭しと散在する一方、買い物用の手提げなどがあちこちに目に付く。

奥の間には、寝乱れたベッドの布団が襖越しに見てとれる。そこに、玄関口で転倒したというこの家の主が横たわり、傍らには全裸の美土里が、寄り添って体温で暖めている。

一晩中、そうやっていたのだろうか。周囲には、幾枚もの毛布やタオル類が放置されたままの状態。どうやら、電気ストーヴ全開できたらしく、部屋中熱気に包まれている。

この朝、連絡を受けたわたしは、直ぐここに駆けつけてから十数分が経過、この異様な情景にも驚かなくなっていた。その間に一一九番にも手配している。

そう、彼女は冷たくなった夫を何とか元通りに戻そうと、懸命に介助していたのだった。

あの玄関先の情況では、上がり框《かまち》でビニールなどを踏んで、脚を滑らせることもあり得ないことではない。

この添い臥しは、妹が自らの責《せ》めを感じていることの表れと、わたしは受け取りたい。

ただ気になることの一つは、妹にとって四家とは結局、どういう対象だったかということ。

或いは、わが子同様、判然と区別できない存在として感じていたのではなかったか。自分の一部、自分の分身。そう受け取れば、彼女の四家への対応もそれなりに理解できる。

それにしても、彼がずっと私の身近な存在だったことは、妹にもよく分かっていたはずだ。

その後、彼と結婚まで漕ぎ着けたのは、唯一掛け替えのない対象でもあったからだろう。

それとも、彼女にとってよかれと思ってしたことが、かえって仇になったのだろうか。

しかしそれにしても、と思い返す。

なぜ彼は、かくもやすやすと美土里の掌上で踊らされ続けてしまったのか。教育者としての過去は勿論、かつての学生運動の一員でもあった人物が。

葬儀、納骨はあっという間に済んで、すべてはここに終った。

これで美土里の夫であり、同時にいろいろな意味で古くて懐かしい、わたしの身近な同志が永久に喪《うしな》われた。

主は来ませり

「主は来ませり、主は来ませり」

か繊《ぼそ》い声が、磨き上げられたリノリウムの床を、音も立てずに移動する看護師の口許から洩れている。

本当は、静謐《せいひつ》な病院のどこかの空間に、小さくても何かの歌声が流れるなどということは余りあり得ない。とすると、この馴染みの賛美歌は何なのだろう。

ただ、彼女の口辺を見れば、それと気付かされるはずだ。わたしには、落ち着いていて淀みないその声調がとても好ましかった。

朝方、いつものようにまだ外が薄暗くても、白衣の彼女の歩みに連れ次第に明けてくるような感じがしてくる。

電燈のスイッチが入れられて、一本一本の蛍光管が自身を主張し始める。起床の時間、闇に光が被《かぶ》さって、一斉に暗から明に切り替わる。

「主は来ませり、主は来ませり」

わたしは、歌を忘れたカナリア、いや声を失った齢老いた女、だからただ微笑むだけ。

一方、水芭蕉の花穂《かすい》のように、膨らみを保ちながらも引き締まった印象の白衣の少女。

「主は来ませり、主は来ませり」

内耳で鳴り続けている心地よい聖歌。夜明けを告げる小鳥の囀《さえず》りのような声に合わせるかのように、次に聞こえてきたのは、懐かしい大宅さんのバリトン。わたしの内部の、現在と既往が重なり合いながら広がっていく気配が途絶えることはない。

名前を思い出そうとしても、どうしてもその楽器に結びつかない。子供時代のちんどん屋の笛、太鼓、鉦《かね》に混じって鳴っていた手風琴のような音色。

彼の最も得意とするその楽器の音色は、誰の耳にも快く響いた。また素人《しろうと》離れした彼の演奏は世間にもよく知られ、歌声喫茶は勿論、プロの楽団からもお呼ばれの常連だった。

その楽器を携えて、彼はわたし達の結婚式にも駆けつけてくれた。

その中に、彼の楽器を余り好まない女性が一人いた、それが美土里。式が余興に移り、一番の聴きどころ、ロシア民謡メドレーが始まっても、身を乗り出すわけでもない。

わたしは或る時、その理由を尋ねたことがある。返ってきたのは、「あれは通俗的な楽器なのよ」という一言。

夫の一番の理解者であるはずの彼女、美土里劇場の漂流はどこまでも止みそうもない。

アコーデオン

陽射しがすっかり弱まって、芯のある寒さが初めて訪れた日、香穂里をすっぽり乗せたワゴンを押しながら家を出た。厚手の毛布、冬期仕込みの登山帽、襟元にはお気に入りの濃紺のショールを巻くなどおさおさ怠りない。

途中で、よく見かける近在の乳母車の若い女性と出会う。

「今時そのスタイルで、大事なお嬢さんに、風邪でも引かせないようにご注意を」と私。

「先ほど、託児所から引き取って、戻ってきたばかりのところですので」と応じる彼女。

育児と言えば私にとって試行錯誤そのもの、その幾つかが睡りから醒めて甦《よみが》えってくる。

教会付属の幼稚園で、尼僧の先生を前に、帰ろうとしないよちよち歩きの児と追い駆けっこを始めてしまったこと。用意してきた乳母車には、中々乗って貰えなかった。

その間も私は、妻の漂白されたような表情を読み続けている。意外なことに穏やかな笑みが、口元に零れている。今の話題が彼女の耳に届き、どこかの琴線にでも触れたのだろうか。これまで見せたことのない、取って置きの表情。私は不意に、得体の知れない涙に襲われた。

足元を埋め尽くしているどんぐりの実を一つ拾い上げ、薄陽にかざして見せる。しかし、今日の彼女の反応はこれまで、気まずそうな顔で首を振るだけ。

「アコーデオン名曲集」なるＣＤを、図書館から借りてきた。

妻に聞かせて、その様子を確かめてみたかった。かつて、四家とは互いに許した仲とも取れる関係と聞いている。とすれば楽器を通して何かしら感じてもらえるはずだから。彼女の脳裏に、少しでも触れることができたら。

その四家が亡くなってから、もう片手に余る年次が経過していた。

アコーデオンは、彼の得意技。美土里はこの楽器を敬遠しているらしいが、姉の方はどうだろうか。

芳香の漂う秋口の果樹園で、人形劇の仲間達が集い、フォークダンスのパーテーを催したと聞く。

そこでは、誰がその場を盛り上げ、誰が不満を抱えていたか。その結果として、姉妹の一人のアコーデオン離れがあった。そんな私流の想定をもとに、縺《もつ》れた糸を糺《ただ》したいと思っていた。

リズミカルで親しみ易いラテン風の調べ、醸し出す独得の味わい、肝心のわたし自身が楽器の音色に聴き惚れているうちに、全曲終了。再度掛け直す。

傍らの香穂里は、演奏とは関係なく、すやすやと心地よさそうな眠りに落ちている。

［後注1］旋盤　加工したい物を回転させ、むらのないよう削りだす機械。
［後注2］隻脚　片足のこと。
［後注3］故里火の国　生まれ育った熊本県。
［後注4］貫頭衣　布に穴をあけて、そこに頭を通して着用するポンチョ型の衣服。

本に埋もれて（あとがきにかえて）

佐藤　愛

　この『パートナーズ』は、本を愛し本に埋もれて生きてきた私の父、井上舎密が、その人生の最期の最期に書き残した自伝的な小説である。彼はこの小説を書き上げたまさにその日にこの世を去った。父はこの小説の原稿を机の上に置き私に向かって「君にこの小説の一番最初の読者になってほしい」という意味のことを言った。私はその時、こんなにも重い大きな宿題を託されるとは思ってもみなかった。先程本に埋もれて生きてきたと書いたが、父の蔵書はそれ自体が増殖しているのではないかと思われるほどの量で、それはさらに私が帰省する度に増えていった。そしてとうとう二階の床が抜けて一階の天井に穴が空いた時に母の怒りが爆発したことは今でもよく覚えている。

　また余命半年と言われてはいた父ではあったが、亡くなった日はとても御機嫌で、私が起きてくると大音響でクラッシックを聴きながら自分で外から取ってきた新聞を読んでいた。その姿は本当にこの人は病人なのかと思うほど普通で、病気のことなどまるで他人事のように思われた。午後に来た看護婦に風呂に入れてもらう為に二階に上がっていった時は先頭を切ってかけ上がるかのような足取りだった。風呂から出て着替えを済ませた後、二、三回咳き込むようにしてあっという間に眠るように亡くなってしまって一番驚いたのは本人だったと思う。と言うのも、まだまだこれからお気に入りの万年筆で編集者と意見を交わし合いながらこの本を出版まで漕ぎつけるつもりだったのだ。病院で万年筆を失くしてしまったと思った父は私に同じメーカーのものを買ってくるようにと言いつけた。幸いにもそれはすぐに出てきたのだが、編集者とやり合いたいという彼の最後の願いは残念ながら果たすことができなかった。

父は昭和九年（一九三四年）東京に生まれた。舎密という珍しい名前はオランダ語で化学を意味するものである。戦後の混乱期を経て北海道に一教師として渡った父は苫小牧を起点として女満別、沼田、虻田、野幌と転勤を続け、退職後は札幌に定住した。

父の四年前に亡くなった母もまた教師であった。大学時代は学生運動の旗手として活躍していたそうである。声が大きく機転が利き、華やかなところのあった母は、さぞかし目立っていたことだろうと思う。

そんな二人が急速に親しくなったのは、ある一つの事件がきっかけであった。二人で樽前山に登ろうと計画を立てたが登山の途中で天候が悪化してきた。山小屋まで戻って雨具などを干していると「井上先生が遭難したかもしれない」という噂が広まっていて同僚が大ぜい捜索にやってきてしまったのだ。しかしなんとそこに母の姿もあったのでみんなびっくり！　その後結婚に致ったということである。

『パートナーズ』という題名の意味は、仲間、社員、連れ合い、相棒といったものであるが、それ以外にも悪友、共犯者といった意味合いも含まれる。父はその辺りも考えてこの題名をつけたのかもしれない。夢とも現とも分かち難い奇妙な体験のあと、とりとめもなく浮かんでくる昔の記憶。私はこの『パートナーズ』は父の心の旅ではなかったのかと思う。病院のベッドに居ながらにして父の魂は遥かな時空を越えて変幻自在に飛び回っていたのかもしれない。

メーデーの群集。ＧＨＱ司令部の白亜のビルを取り囲む完全武装した数多くの米兵達。私服刑事に捕まり連れてこられ黙秘を貫いた留置所での出来事。雑居房にいた聖フランシスコのような風貌の老人や兵役帰りの隻脚の中年男性。新劇の劇団の舞台監督助手時代の夢のような経験。舞台の袖口から見ていた俳優達の身辺に濃密に漂う空気感や細部まで眼底に残る「どん底」の人物造形。

教職に一生を捧げる決心をした書『君ひとの子の師であれば』との出合い。まだ見知らぬ北の大地を初めて踏んだ時の瑞々しい感情。どれもが今の時代にはなくなってしまったかのような熱量と人と人との濃密なやり取りを感じる。それがスポットライトを浴びたように鮮やかに浮かび上がるのだ。そして大迫との約束を果たす為に行った未知の処女地「函館」。急勾配の坂から展望する港湾の大スクリーン。これは本当の出来事であったのであろうか。

どこまでがリアルでどこからが想像の域なのか父を含めてそれを知る人が誰もいなくなってしまった今、もうそれを知る術は無いが、父はこの小説を書き上げてしてやったりと思っているのかもしれない。

いつの頃からか私は父は大きな秘密を抱えているのではないかと思うようになっていたのだが、この本を読み終えた今、少し父のことが理解できたような気がした。それはまるで全部読んでつながるパズルのような感じでもあった。ある人が言っていた話だが、六十年代安保に挫折した者は文学に走り七十年代安保に挫折した者は音楽に走るそうだ。もしそれが本当であるならばまさに父は文学に走ったのだと思う。

「樽前にでも登りませんか」という母の言葉に誘われて登った父にとって特別な山であった樽前。穏やかな湖を含む二重カルデラの特異な山容。仰ぎ見るというのではなく近付けばすぐ内懐に入っていけそうな山、樽前。父はこの想い出の山のふもとに散骨を希望している。
最後に一節の詩を載せておきたい。

だんごむし

はじめに歌の年があった
その誘因にはもとよりクララの名
逸早《いちはや》く行間から曲想が溢れ出す
「詩人の恋」
銅版を截《き》り裂く創痕《きずあと》の顫《ふる》える線が
濃《こま》やかにそれからそれへと紐解いていく

女神洋子と詩人の関わり方について

「女に」

一度も日の目を見ることなく
闇の底で犇《ひしめ》いている生き物たちの
気配があちこちから寄せかけてくる

芥塵《ごみ》溜めのどこかの片隅に潜む
だんごむしの夫婦のように抱き合って
詩と音楽に一生浸っていたい

（詩集『鳥のように イルカのように』より）

父はこの永い旅路の果てに母と再び出会うことができたのであろうか。だんごむしの夫婦のような心の安らぎを得ることができたのであろうか。父にとっての女神、母と共に。

著者プロフィール

井上 舎密 (いのうえ せいみ)

1934(昭和9)年、東京生まれ。

二松学舎大学卒。

北海道にて教職に就き、苫小牧、女満別、沼田、虻田、江別で勤務。退職後は札幌に居を構える。

2022(令和4)年、没。

2023年、詩集『鳥のように イルカのように』を七月堂より出版予定。

パートナーズ

2023年3月15日 初版第1刷発行

著 者 井上 舎密
発行者 瓜谷 綱延
発行所 株式会社文芸社
〒160-0022 東京都新宿区新宿1-10-1
電話 03-5369-3060(代表)
03-5369-2299(販売)

印刷所 株式会社フクイン

ISBN978-4-286-30082-5 JASRAC 出 2209418-201